KB089158

새벽 세시 수취인 불명 |

# 새벽 세시 수취인 불명

**초판 1쇄 인쇄** 2018년 8월 29일
**초판 1쇄 발행** 2018년 9월 5일

**지은이** 새벽 세시

**발행인** 장상진
**발행처** (주)경향비피
**등록번호** 제2012-000228호
**등록일자** 2012년 7월 2일

**주소** 서울시 영등포구 양평동 2가 37-1번지 동아프라임밸리 507-508호
**전화** 1644-5613 | **팩스** 02) 304-5613

**ISBN** 978-89-6952-284-9 04810

978-89-6952-292-4 (SET)

· 값은 표지에 있습니다.
· 파본은 구입하신 서점에서 바꿔드립니다.

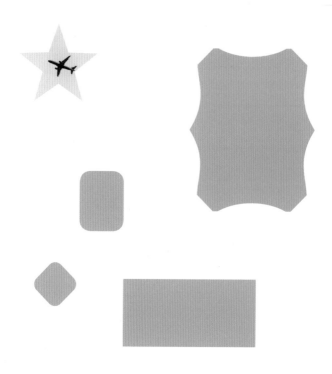

고작
전화 번호 하나

*

전화 번호 지웠어요. 앞으로 쓸데없는 말 같은 거 늘어놓
느라 전화하는 일 없을 거예요. 내가 생각보다 그렇게 머
리가 좋지는 못한가봐요. 막상 번호 지우고 나니까 그게
뭐였는지 기억도 안 나더라고요.

당신이 나한테 그렇게나 중요했다면서 우습지 않아요? 고
작 그거 하나 기억을 못한다는 게. 그래도 차라리 다행이
에요. 당신은 모르는 번호라서 생각 없이 받은 내 전화 때
문에 당황할 필요 없을 거고, 나는 그렇게라도 내 말 잠깐
받아주는 당신이 좋아서 억지로 말 늘려가며 붙잡고 있을
필요 없을 테니까요.

당신이 어떤 생활을 하는지 이젠 알 수 없을 거예요. 그게
안 보이면 나 아마 당신 잊는 게 조금 더 수월해질 것 같아
요. 그렇게 그 몇 자리 번호처럼 당신도 조금도 기억나지
않을 때가 오면, 그때는 내가 당신을 이해해볼 수 있지 않

을까요. 어차피 당신 마음에야 내가 애초부터 없었겠지만
요. 그렇게라도 나를 위로해야지 어쩌겠어요.

# 끝나지 않는
## 작별 인사

\*

여전히 사랑해요. 아무리 생각해도 달리 할 말은 없네요.
당신에 대한 내 감정이 그저 추억에 대한 그리움인지 아직
해보지 못한 것들에 대한 아쉬움인지 대체 어떤 건지 장담
할 수는 없겠지만. 그냥 사랑해요. 다른 건 모르겠고 아직
까지 내 마음이 당신을 향하고 있다는 거 그거 하나만 알
겠어요. 그래서 오늘도 별 수 없이 기다려요, 당신 연락. 다
시는 안 올 거 알면서도 내가 그래요. 바보같이.

## 너보다 나를 더
## 사랑하려 해

;

지나간 것에 더 이상 미련을 두지 말자. 현재의 나에게 가장 중요한 것이 어떤 것인지 우선순위를 정할 필요가 있다. 나를 거쳐간 그 사람에게는 지금 옆에 서 있는 그 사람이 더 중요한 것이 당연하다. 그것에 대해 서운해할 필요 같은 건 없다. 현재에 충실한 사람에게 자꾸만 과거를 쥐여주는 게 더 우습다. 애정을 둘 대상이 없다면 그 화살을 나에게로 돌리자. 내가 나를 사랑하는 동안은 누구도 내게 상처줄 수 없다. 그 기간 동안 조금이라도 더 좋은 사람이 되고, 마음 가득 사랑을 담아두다 보면 언제고 그것을 나눌 사람은 내게 다가오기 마련이다. 내게서는 넘치는 사랑이 보일 테니까. 그걸 마다할 사람은 어디에도 없고.

수없이
반복하는 말

＊

어떤 말을 만 번 이상 되풀이하면 반드시 미래에 그 일
이 이루어진다는 인디언 금언이 있대요. 나, 네가 내게
다시 돌아온다는 말만 만 번 정도 해볼까요.

오늘의
운세

*

하루 운세를 점쳐보는 걸 이제 그만하기로 했어.
어차피 당신이 없는데 오늘이 좋은 날일 리가.
어쩌다 당신이 돌아온다면 혹시 모를까.

## 나는 너를 믿었을까,
## 사랑을 믿었을까

;

이대로 정말 아무 사이도 아닌 게 되어버리면 어쩌지.

아직 내 안에는 네가 빼곡히 들어앉아 있는데.

하루에도 수십 번은 더 네게 연락을 할까 말까 고민하면서.

어차피 다시 만나 봐야 달라질 게 없다며 나를 질책하면서.

보고 싶다는 말을 뱉었을 때 차갑게 돌아올

네 대답을 예상하면서.

그래도 오늘도 보고 싶다. 보고 싶다. 보고 싶다.

딱 한 번 시간을 돌릴 수 있는 기회가 주어진다면

우리가 사랑을 시작하기 전으로 돌아가

죽을 때까지 너를 사랑하지 않을 거야.

그렇게 너를 영원히 잃지 않을 거야.

난 오늘도 너와 나누던 모든 문장들이 그리워서 울어.

우리 관계가 고작 이거일 수는 없어.

너 때문에 또 한 번 믿었었어, 사랑을.

# 내 인생 최고의
# 로맨스 영화

\*

그 사람 일상을 더 이상 궁금해하지 말자. 이제 그곳에는 내가 없다. 내가 있던 곳에 당연스럽게 누군가가 끼어들어 있을 테고, 난 그걸 보면서 분명 아파져버릴 거다. 내가 없는 그 사람의 일상이 정말 아무 일 없던 것처럼 돌아가고, 그 사람 인생의 주연 배우였던 내가 엑스트라로 전락해버린 이 시점에서, 나는 더 이상 그 영화를 보고 있어서는 안 된다. 그래, 얼른 자리를 박차고 나와서 새로운 시나리오를 써야만 한다. 그렇지 않으면 내가 망가진다. 나만 아파진다. 그 사람 웃는 얼굴을 보며 같이 웃어 보였던 내 얼굴은 더 이상 생각하지 말자. 당신의 미소도, 손짓도, 그 사소한 친절도 이제 나의 것이 아니다. 그냥 당신과 나의 영화는 끝났고 단 하나의 쿠키 영상도 남아 있지 않은 거다. 인정할 건 인정해야만 한다.

우린 애초에 남남이었다. 달라질 건 없다. 더 이상 내 전부

가 당신이 아닐 뿐. 절대 내 것이 아닌 것에 미련두지 말자. 내 인생의 영화는 아직 끝나지 않았다. 그 사람보다 더 애틋한 주연 배우는 언제고 나타날 수 있다. 지금이 그 타이밍이 아닐 뿐이지.

여름과
겨울 사이

\*

우린 왜 더울 때 만나 찬바람 불 때 헤어졌을까요. 차갑게 돌아서버린 당신 모습을 보면서 괜히 날씨 탓만 하게 되잖아요. 조금만 더 내게 다정할 수는 없었어요? 내가 그렇게 애정을 갈구할 때마다 잠깐이라도 안아줄 수는 없었나요. 그래요, 이제 와 이런 말이 다 무슨 소용이겠어요. 어차피 당신에게 난 그저 지나간 인연에 불과할 텐데. 그래도 난 아직 당신의 일상이 궁금하고, 여전히 오늘 하루 당신의 안녕을 빌어요. 나만 이러는 것 같아서 자존심 상하

고 비참하지만 그래도 어쩌겠어요. 더 좋아한 쪽이 나였는데. 정말 내 생각 한 번 안 나던가요. 지난 시간은 다 뭐였어요? 괜찮은 척하는 거예요, 아니면 정말 아무렇지 않은거예요. 당신 마음은 만날 때도 모르겠더니 헤어지고 나니더 모르겠네요. 이별 후에는 더 좋아한 쪽이 강자라더니 그거 다 거짓말이에요. 어차피 아픈 건 처음부터 끝까지 내쪽이잖아요. 당신 옆에서 울고, 이젠 당신이 없는 곳에서울죠. 사랑받지 못하는 게 어떤 건지 아나요.

# 이게 마지막
# 인사였으면 해요

*

솔직히 말하자면 여전히 좋아해요. 당신도 알잖아요. 나는 한 번 좋아한 사람을 잊는다는 게 그리 쉽지 않은 사람이라는 거. 그래도 이제 기대는 안 해요. 혹시 당신이 연락해 주지 않을까, 나한테 꼭 한 번은 돌아와주지 않을까 하는 쓸데없는 생각들 말이에요. 사실 잠깐 헛된 기대라도 품어보고 싶었는데 그것도 잘 안 될 것 같네요. 난 아직 우리의 길에 서 있는데 당신은 벌써 다른 길을 걷고 있는 것 같아서요. 이제 좋은 추억으로 남겨달라는 말도 안 해요. 언젠가 내 이름도 기억 안 날 수 있겠죠. 그럴 만도 해요. 내가 당신한테 그렇게까지 중요한 사람은 아니었으니까. 그래요. 나는 아직까지 모든 순간이 당신이고 모든 곳들이 당신이어서 전부 다 내려놓는 데 생각보다 시간이 오래 걸릴 수도 있겠지만, 그래도 행복하세요. 미워하지 않을게요. 당신에 대해 더 이상 아무 말도 꺼내지 않을게요. 아플 거

면 그냥 나 혼자 아파할게요. 아픈 티 같은 것
도 안 낼게요. 그냥 그러니까, 잘 가요. 마지막
인사예요. 그동안 많이 고마웠어요.

# 좋은 사람의
## 모순점

*

네가 그랬지. 나 좋은 사람이라고. 너랑 헤어지고 나서도 내가 꼭 잘 지냈으면 좋겠다고. 그동안 정말 고마웠다고. 근데 있잖아, 왜 네 옆일 수는 없었어? 내가 좋은 사람이고 싶었던 건 내가 너의 사람이길 진심으로 바라서였는데, 그 이유 말고는 정말 아무것도 없었는데 왜 난 결국 너일 수는 없었을까. 고마운 거 말고, 내 행운을 빌어주는 바보 같은 짓 말고. 아파도 차라리 네 옆인 게 나았는데. 나 진짜 괜찮은데.

투정조차
부릴 수 없는

;

어쩜 그렇게 멀쩡해? 잘 지내라는 말은 진심이었지만 너무 아무렇지 않아 보이는 네 모습에 무슨 생각을 해야 할지 모르겠어. 우리가 사랑이었던 게 맞나. 그냥 잠시 스쳐가는 시간에 불과했던 걸 내가 사랑이라고 우겨보고 싶었던 걸까. 네가 돌아올 거라는 생각 같은 건 안 해. 그래도 나한테 너무 모질게 굴지는 마. 사랑이 아니라면 억울하잖아. 그렇게 아파가면서 버텼는데 아무것도 아니었다고 하면 너무 허무하잖아, 내가.

# 억지로 받은
## 편지

*

자기 전에 내가 네게 주었던 편지들에 어떤 내용을 적었었는지 계속해서 고민해봤는데, 어떻게 된 게 한 구절도 기억이 나질 않더라. 그래도 사랑한다는 문장만은 확실히 담았겠지.

사실 그 말 한마디를 하려고 구구절절 써내려간 말들이었을 테니까. 근데 있잖아. 그러고 보니 나, 너한테 그 흔한 편지 한 통 못 받아 봤더라. 내가 그렇게 답장 한 번 써달라고 부탁까지 했었는데, 그게 그렇게나 어려웠나. 난 그냥 몇 마디 적어 넣은 카드 정도로도 만족할 수 있었는데. 아냐, 그래도 내게 네 흔적이 하나라도 덜 남아서 다행이다. 그거 붙잡고 매일 밤마다 울면 어쩔 뻔했어. 정말 다행이야. 그치? 아무것도 없는 편이 나아. 뭐라도 하나 더 있으면 그때마다 네가 더 보고 싶을 테니까. 거기 사랑한다는 말이라도 적혀 있으면. 괜히 또 착각할 테니까.

# 낭만의
## 표식

;

눈만 마주쳐도 내가 어떤 기분인지 너무 잘 알아버려서 이 사람 앞에서는 뭘 숨겨야겠다 생각도 못하고 그냥 막 울어버릴 수 있으면, 그런 사람이 한 명 곁에 있어준다면 얼마나 좋을까요. 가만히 한숨만 쉬어도 "세상 무너지겠다." 하고 꽉 끌어안아주면. 그렇게 아주 잠깐이라도, 하루라도 더 '이 사람이면 되겠다. 나 진짜 이 사람이면 더 살아볼 수 있겠다.' 싶으면 얼마나 좋을까, 이 말입니다.

# 오늘의
## 기도

*

제가 그 사람한테 다시는 연락하지 않게 해주세요. 아무 렇지 않은 그 사람한테 어떤 말을 해도 결국 나만 상처 받을 게 뻔하잖아요. 정말 다시 만나게 해주실 거면 그 사람이 먼저 연락하게 해주세요. 몇 번이든 받을게요. 내가 그땐 너무했다고 사과도 할게요. 그 사람이 맨 정신으로는 못하겠다고 하시면 술 먹고라도 전화하게 해주세요. 어디냐고 물어보고 나도 같이 울게요. 그런 게 다 아니라면 그냥 더 이상 그 사람이 보고 싶지 않게 해주세요. 어딜 가도 그 사람투성이라 진짜 미치겠어서 그래요. 집에 들어와서라도 멀쩡히 있어야 하는데 여긴 나 빼고 다 그 사람이에요. 쉽게 버텨지는 게 더 이상한 것 같아요. 근데 그 사람은 어쩜 그리 멀쩡한가요. 정말 괜찮아도 너무 빨리 다른 사람 만나지는 않게 해주세요. 그 사람 옆에 정말 좋은 사람이 다가오더라도 진짜 잠깐이라도 막아주세요. 아직까지는 다른 사람 보며 웃는 그 사람을 볼 자신이 없어요. 이 기적인 거 알아요. 그래도 이번만 허락해주세요. 제발 부탁이에요. 그 사람 따라 나도 아무렇지 않은 척하는 것도 이제 힘들어요, 정말.

# 마지막이라
# 말할 수 없는

\*

있잖아, 나랑 헤어지면 아무 일 없었던 것처럼 멀쩡히 잘 살아도 괜찮아. 어차피 나 하나 없어진 네 일상에 그렇게 큰 문제가 생기는 것도 아니잖아. 우리 사이는 늘 권태롭고 외로웠지. 만나서 무슨 이야기를 할지, 오늘은 또 뭘 해야 할지 어이 없이 그런 거나 고민해야 했어. 그런 걸 지금까지 연애라고 불렀다니 나도 참 웃겨. 그냥 친구여도 그렇게 만나지는 않았을 거야. 내 말이 틀려? 아냐, 내가 익숙해져서 그랬다는 변명 같은 건 하지 마. 우린 그냥 서로가 재미없었던 거야. 물론 나도 내가 할 수 있는 최선을 다해보고 싶었어. 매번 실패하는 연애에 이번엔 그래도 잘지낼 수 있다는 거 보여주고 싶었거든. 그래서 사람들 앞에서는 정말 잘 지내는 척, 잘 살고 있는 척했던 건데, 그렇게 억지로 웃고 있으니까 속이 더 문드러지더라. 네 눈엔 내가 행복해 보여서 이제껏 착각했던 거라면 내가 사과할게. 미안해. 헤어질 준비를 시작한 지 네 생각보다 더 오래되었어. 네 옆에서 지쳐가는 내 모습이 너무 꼴 보기 싫더라. 나, 오늘 헤어지자는 말 한마디 하기가 그렇게 힘들었다. 그래서 몇 번이나 연습했는데, 오늘 네 앞에서 나 그래도 꽤 괜찮았어. 눈물이라도 한가득 흘릴 줄 알았는데 생각보다 담담하네. 아무래도 네 옆에서 너무 많이 울었나 보다. 그러니까 좀만 더 신경 써주지 그랬냐. 나 정말 잘해보고 싶었는데. 그래, 나보다 내 다음 사람한테 더 잘해줘도 돼. 그래도 내가 없는 자리를 한 번쯤 그리워는 해. 가끔은 후회도 해. 걔는 어떻게 사냐고 내 주변 사람들한테 내 안부도 물어줘. 나는 어떻게든 잘 산다고 할 거니까. 내가 잘 산다고 해도 무작정 그 소리를 다 믿지는 마. 너도 알잖아. 나 너 만나면서도 행복한 척 잘한 거. 그렇게 내가 없는 일상으로 돌아가서 너의 세상에서 잘 살아. 나는 이제 가. 쓸데없는 이야기 같은 건 그만 하자. 우리 참 보잘것없이 사랑했다. 그래도 그 사이에 붙잡고 울 추억 같은 거 하나는 있겠지. 그럼 된 거야. 그렇지?

# 불공평한
# 세상

*

왜 세상은 늘 사랑받는 사람 따로, 사랑 주는 사람 따로인
가요. 아니요, 내 세상만 이렇게 돌아가고 있다고 말하지
말아요. 지금 그것만큼 비참한 게 없을 것 같으니까. 왜 내
사랑의 크기는 매번 그 사람보다 커야 하나요. 마음의 크
기가 커서 아무리 받아도 만족할 수가 없잖아요. 그래서
난 매일 외로워해야 하는데 상대방은 내가 준 마음이 너
무 커서 버겁대요. 왜 나와 같은 사람은 만날 수가 없나요.
왜요? 사랑은 애초에 한 사람이었던 걸 하늘이 둘로 갈라
놓아서, 한평생 그 반쪽을 찾아가는 과정이라면서요. 그

럼 내 반쪽은 지금 어디서 울고 있기에 내 앞에는 안 나타
나죠? 아니, 둘로 갈라지면서 그 마음은 작아졌을 수도 있
겠네요. 그럼 또 아무 소용없잖아요. 어느 쪽이 더 상처 받
는 입장인지 이제 헤아려보고 싶지도 않아요. 난 이제 지
쳤어요. 사랑한다고 벽에다 대고 소리치는 기분 같은 거
느끼고 싶지도 않고요. 최선을 다했는데 부담스럽다는 말
같은 것도 듣고 싶지 않아요. 내가 하는 사랑이 뭐 어때서
요. 할 줄 아는 게 이런 것뿐인데 어떡해요.

# 필요와
## 사랑 사이

*

나는 당신을 아주 많이 좋아하지만 필요로 하지는 않아요.
나한테 필요한 사람은 뼛속까지 다정해서 가만히 옆에 앉
아만 있어도 마음이 안정될 수 있는 그런 사람이에요. 아
무리 연애가 좋아서 하는 거라지만 좋아하는 감정만으로
이렇게 힘든 걸 계속 버텨낼 수는 없는 거잖아요. 나를 다
소모해버리면 그다음 사람한테 내가 미안하잖아. 당신도
나를 좋아했을지는 몰라도 나를 필요로 하지는 않았던 거
예요. 당신의 일상 속에는 너무 많은 사람들이 있었고, 오
늘 함께할 사람을 고를 수 있는 선택권이 당신에게는 늘
주어져 있었죠. 미안하지만 나는 선택받고 싶어 안달 하며
살고 싶지 않아요. 우리 연애는 평소같이 서로의 다른 부
분을 맞춰가고 싶어 시작한 게 맞지만, 적당한 지점을 찾
으려면 당신도 내 쪽으로 몇 발짝은 걸어와 줬어야죠. 그
래야 내가 나는 당신이 필요하다며 손이라도 꼭 잡아보죠.

저만치 서 있기만 하는 당신에게 내가 할 수 있는 게 있었나요? 그래요, 그래서 이렇게 끝이에요. 나는 매 순간 당신이 필요했지만 그 순간마다 당신은 없었고, 이젠 나도 당신을 필요로 하지 않아요. 아무것도 모르겠다는 표정이네요. 그것 참 유감이에요.

# 나의 지나간
## 인연에게

*

야, 나 헤어졌다. 잘 지낸다는 소식은 들었어. 그런 얘기는 굳이 전해 듣지 않았으면 좋겠는데 이상하게 자꾸 들리더라. 네가 그만큼 잘 지낸 탓도 있겠고, 별 수 없이 내가 관심 가지는 탓도 있겠지. 너 보란 듯이 나도 오래 행복하고 싶었는데 쉽지 않았던 것 같다. 너만큼 다정한 사람 찾는 게 어디 그렇게 쉬웠겠어. 나 매일 다정함에 목말라하다가, 그렇게 상대방한테 매일 애정 구걸하다가, 그러다 결국 내가 먼저 관뒀다. 너도 알잖아. 나 쓸데없이 자존심 센 거. 솔직히 가끔은 네가 보고 싶었다. 근데 되게 웃기고 사소한 것만 생각나더라. 내가 보고 싶다고 하면 우리 집 근처 살던 네가 막 뛰어서 우리 집까지 와줬던 거. 알바 하는 너 기다리면서 거기서 밤 새웠던 거. 별것도 아닌 걸로 너랑 싸우면서 펑펑 울었던 거. 그냥 그런 거. 내가 너랑 내 인생 중에 최고로 길었던 연애를 해서 그런지는 모르겠지만, 너 정말 나한테 최고이자 최악이었다. 그렇게 두 가지 다 가질 수 있어서 부럽다. 언젠가 이 자리도 다른 누군가로 바뀌게 되겠지만 어쨌든 지금 당장은 그러니까, 잘 지냈으면 해. 내가 이러고 있는 게 미련스러워 보이고 내 가치를 깎아내리는 것처럼 보이겠지만, 그냥 지금 당장 말하고 싶은 게 이거여서 말하는 거고, 그게 다야. 너도 알잖아. 내가 연락하지 않을 거라는 거. 조금 더 열심히 살아야겠다. 별 수 없이 네 눈에 내가 자꾸 걸리적거리게. 자꾸 어디선가 내 소식 들려서 네 신경에 거슬리게. 그렇게 바쁘게 살다가 언젠가 나도 최선의 사랑을 찾았을 때, 그때는 나도 다시 사랑을 시작하려 해. 아무래도 난 지금은 아닌 것 같아. 네 모든 순간에 평온이 있길 바라. 이건 내가 할 수 있는 최선이자 마지막 기도야. 잘 가. 나의 애틋함.

# 마음에 담긴 말들을
## 꺼내지 못하고

\*

하고 싶은 말이 많은데 말을 아낀다는 건, 전할 수 없어서
라기보다는 그 말을 하고 난 후 본인의 심리 상태를 감당
할 자신이 없어서일 때가 더 많다. 마음 같아서야 왜 너에
게 따져 묻고 싶지 않았을까. 내가 그렇게 애정을 갈구할
때 왜 따뜻한 눈길 한 번 주지 않았는지. 애정의 방향이 다
르다는 걸 알고도 왜 내게 알려주지 않았는지. 왜 먼저 시
작해 놓고 끝내는 것도 너였는지. 왜 나를 사랑하지 않았
는지. 그래도 가끔은 사랑해줄 수도 있었을 텐데. 그렇게
나 내가 매력 없던 건지. 하루 종일 생각해봐야 네 앞에
선 나는 한마디도 못했겠지. 대답을 들어봐야 똑같이 아
프단 걸 아니까. 그냥 네 대답을 아껴두고 '그건 아니었을
거야.' 나를 위로하는 편이 낫지, 바보같이 대체 뭘 알고 싶
다고 그렇게 궁금해해.

# 헤어지자는 말 대신,
## 잘 자

;

함께하는 동안 생각보다 자주 외로웠고, 그럴 때마다 눈물 짓는 것도 나중이 되어서는 비참해서 하고 싶지 않았다. 그 래서 괜찮은 척 버텨내는 것이 내가 가장 잘하는 일이 되 어버렸지만 그 오랜 시간 동안 넌 내 눈물 한 방울도 알아 주질 않았지. 사랑을 이런 식으로 해서는 안 된다는 걸 알 면서도 네가 곁에 없으면 찾아올 외로움이 두려웠고, 매번 이런 식으로 사람을 만나다 보니 '어차피 다음번에도 그러 겠지.' 하며 행복을 포기하기 시작했다. 결국은 오늘 밤도 올게 될 거라는 걸 애초에 알고 있었으면서도 그래도 또 다시 네 곁에서 잠드는 밤. 네 애정의 길이는 짧고 나의 밤 은 오늘도 길구나. 잘 자.

# 온도
## 차이

\*

나 조금만 더 사랑해주라, 하고 말하면 그냥 조금 더 사랑
해주려고 노력이라도 해보면 되는 건데, 옆에 있는데도 외
로워서 아무렇지 않은 척하며 뱉은 말에 나를 못 믿냐며
왜 화를 내나요. 나도 믿고 싶었지, 왜 안 믿고 싶었을까요.
내가 사랑받고 있다는 걸 부정하고 싶은 사람이 세상 천
지에 어디 있다고. 근데 당신 옆에 있는 내가 잘 모르겠다
잖아요. 사랑을 받고 있는 사람이 그걸 모르겠다는데 대
체 뭘 주고 있다는 건가요. 아무리 당신과 내 사랑의 크기
가 달라도 그렇지, 나만 자꾸 비어가잖아요. 내가 모든 것
의 우선은 아니어도 당신 인생에 내가 있다는 느낌은 들
어야죠. 그래야 내가 그 옆에 남아라도 있죠.

# 너는 모르는
## 이야기

;

그 밤의 우리는 자주 붙었다 떨어졌다 했다. 너는 나를 끌어안고 자다가, 너도 모르게 내게 주었던 팔을 가져갔다가, 저만치 떨어져서 등을 돌리고 잤다가, 그러다 또 돌아와서는 내게 손을 뻗어주고는 했다. 그 모든 걸 잠 못 이루고 계속 네 옆에서 지켜보던 나는 그냥 네가 하자는 대로, 내 몸이 가는대로 그냥 내버려두었는데, 너 그거 얼마나 바보 같은 기분인지 모르지. 붙어 있을 때 안도했다가 떨어졌을 때 불안해하는 마음을 수도 없이 반복하던 그 밤이 평소 내 연애의 축소판 같아 얼마나 화가 났던지. 그래도 네 품에 안겨 있는 게 그렇게나 좋은 게 얼마나 바보 같던지. 너 하나도 모르지, 모르니까 그러지.

# 이별을 만드는 건
## 꼭 하루

*

우리는 대체로 사랑해왔는데 그 한 순간 사랑하지 않아서 이렇게 되었어요. 그렇지 않나요? 당신은 꽤 오래 나를 마음에 담아왔다고 했는데, 분명 당신 입으로 그렇게 말했었는데. 그게 진심이 아니었던 게 아니라면 어떻게 우리가 이렇게 끝나요. 웃기잖아요. 어제까지만 해도 사랑한다면서요. 세상이 나 때문에 돌아간다면서요. 내가 없으면 죽을 것 같다며. 그래서 나도 그렇다고, 나도 당신이면 다 될 것 같다고 하니까 그렇게 전부 가진 사람처럼 웃더니, 뭐가 이래요. 지금까지도 다 거짓말 같잖아요. 내가 그냥 착각한 것 같잖아. 꿈 한번 참 길게 꿨구나 하고 눈 뜨고 정신 차리라고요? 그렇게 지독한 꿈이 어디 있어. 다시 말해봐요. 어떤 게 진심인지. 남겠다고요, 떠나겠다고요? 당신이 날 사랑하지 않은 건 지금 이 순간 딱 하나인데, 지금부터 나를 사랑하지 않겠다고요. 그것 참 재밌네요.

# 어른의
# 연애

\*

당신이 말하는 어른의 연애라는 게 상대방이 어디에서 뭘 하고 있어도 신경 쓰지 않는 걸 단지 믿음의 문제라고 논하고, 우선순위의 저만치 끝에 나를 제쳐두고서 그게 당신의 미래를 위한 일이라고 포장하는 것이라면 나는 그런 당신이랑 그 별 볼 일 없는 연애 같은 거 안 할래요. 연애 같은 거 좀 어린애같이 한다고 큰일 나는 거 아니에요. 진짜 사랑하면 다 어린애 같아지는 거지. 당신이 나에 대한 마음이 딱 거기까지인 거지. 왜 그걸 가지고 나를 어린애 취급하나요. 내가 그냥 조금 더 사랑했을 뿐인데.

# 다정과
## 우울의 밤

;

너, 내가 널 얼마나 예뻐하는지 모르지. 네가 잠 잘 때 조금 뒤척이기라도 하면 머리 쓰다듬어주고, 그러다 잠꼬대라도 하면 자고 있는 네 어깨에다 입 맞추고. 혹시 나 때문에 깰까봐 옆에서 뭘 어쩌지도 못하고 숨도 조심스레 쉬어가며, 새근새근 자고 있는 네 얼굴을 쳐다보면서, 내 속도 모르고 내게서 등 돌리는 널 간신히 내 품 속에다 끌어안고 무슨 꿈을 꾸고 있을까 한참 궁금해해. 그렇게 한참을 보내고 나서야 겨우 겨우 잠드는데, 넌 그냥 꿈속을 헤맬 때라 아무것도 모르지. 내 애정이 네 옆에서 얼마나 많은 길을 걸어갔는지, 그게 네 꿈길까지 닿았으면 참 좋았을걸. 그 속에서 누구라도 내가 너 참 많이 좋아한다고 알려줬다면 진짜 좋았을걸. 그러면 나도 하루 더 사랑받았을 텐데. 너 그렇게 모진 애 아니니까, 분명 그랬을 텐데.

## 매번 하는
## 부탁

*

분명 모든 건 지나가. 그런 말도 있잖아, 이 또한 지나가리라. 많은 것들이 잊혀지고 무뎌지고 바래져서 있었는지 없었는지 모를 지경이 되겠지만. 그래도 있잖아, 너만은 지나가지 마. 부탁이야.

# 내려놓음의
## 연속

;

이제 와서 느끼는 건 사랑은 원래 하나씩 늘어가는 내려
놓음의 연속인데 그렇게 다 내려놓고도 상대방을 사랑하
느냐, 아니면 그 사람까지 내려놓느냐에 달린 것 같다. 처
음부터 완벽하게 들어맞고 매일같이 행복하기만 한 연애
는 있을 수 없으니까. 이 사람이 너무 미워 죽겠는데 또 잠
깐만 지나면 다시 사랑스러워 보이는 게 진짜 연애지. 옆
에 붙어만 있다고 다 연애인 건 아니니까.

## 네가 미울 때마다
### 쓰던 편지

\*

네 생활에 빈틈이 생길 때마다 너는 내가 보고 싶어서 울게 될 거야. 괜찮다고 자부했던 지난날들이 다 거짓말이었다는 걸 깨닫고는 그제서야 나를 찾고 싶어서 온갖 수를 다 쓰겠지만 그땐 아마 내가 없겠지. 내가 네 세상에 머물렀다는 사실이 거짓말 같을 정도로 깨끗하게 사라져줄게. 내 소식 같은 건 어디에서 들어볼 수조차 없을 거야. 너 때문에 살고 너 때문에 죽었던 나는 이제 없는 거야. 그러니까 너도 그렇게 사랑받았던 시절 같은 거 추억으로 잡아두지 말고 그냥 고통스러워해. 그러다가 원망도 해. 왜 너를 이렇게 두고 가버린 거냐고. 사실 네가 나를 두고 간 건데 그냥 적반하장으로 나를 욕해도 좋아. 너 원래 그런 애니까. 내가 너 사랑했던 거 부정하자는 게 아니야. 사랑이란 게 어떤 건지 진짜 깨닫게 된 시간에 네가 나를 그리워할 거라는 거 그것만 자부할게. 밤새 내가 보고 싶어서 잠을 잘 수가 없을걸. 그때 네가 왜 그랬는지, 말도 안 되는 핑계라도 대어가며 나를 붙잡고 싶을걸. 근데 아마 그렇게까지 되면 내가 널 사랑하지 않을 거야. 그건 네가 아니거든. 너라면 날 사랑하지 않아야지. 그게 너답지. 그래서 우리가 안 되는 거야. 나도 이제 그걸 알아. 바보 같잖아, 이런 거. 안 되는 타이밍, 안 되는 사랑, 그래서 구차하고 미련하고, 사실 길게 말할 것도 없이 너랑 난 우는 시간이 달랐던 거지. 그게 다지. 안 그래?

## 지금도 가끔은
## 널

*

정말 아무거나, 별것도 아닌 것에도 너를 덧붙여서 생각할 때가 있었는데, 이제는 네 얼굴도 제대로 기억이 나지를 않네. 그냥 조금 무뎌진 것 같아. 내 생활에 익숙해지고, 서운한 것들에도 나름대로 해결할 방법을 찾아나가고. 지금 생활에 완벽하게 적응하고 행복해진 건 아니지만, 그래도 네가 없어도 괜찮은 만큼은 되었나 봐. 이제 나도 모르게 너를 잊고 살아. 평생 못 잊으면 어쩌나 조바심까지 냈었는데 생각보다 너무 금방 이렇게 되니까 조금 허무하긴 하다. 너, 영원한 건 어디에도 없다고 그랬잖아. 그래서 우리는 그렇게 헤어졌고 그런 건 없다는 거 알면서도 언젠가는 바보같이 또 한 번의 영원을 약속하겠지만. 그래도 혹시 아니, 영원까지는 아니어도 돌고 돌아 다시 돌아오는 인연 같은 건 있을지. 그게 어쩌면 이번 생에는 너와 나일지, 그건 누구도 알 수 없는 거니까. 우리 길 가다 마

주치면 아는 척은 못할 사이여도, 그래도 마주칠 날이 있다면 그 시간만은 반가워할게. 정말 혹시 아니, 결국 내가 네 마지막일지. 너를 향한 사랑은 없고 조금의 기대와 추억만 남았어. 정말 혹시나 네가 다시 온다면 그 사랑을 다시 꺼내줘. 그러니 그때까지 잘 지내. 이번 내 인생에는 네가 다시없다 하더라도 가끔은 널 기다릴게.

잃다,
낭만

*

살면서 딱 한 번 맛본 낭만을 위해서 얼마나 무수한 다른 날들을 죽여왔던가. 그건 애초에 내가 가질 수 없던 것인지도 모르는데, 아무렇지 않은 표정으로 홀연히 떠나버린 네 뒷모습에도 여전히 사랑 고백을 하고 싶은 나는 대체 뭐고.

# 너를 보내고 나서의
## 다짐

*

나 잘 살 거다, 너보다 더. 유치하게 이렇게까지 말하고 싶
지 않았는데, 내 스스로 당당해지지 못하면 끝내 내가 꿈
꾸던 나는 만나볼 수 없을 것 같더라. 내 오랜 사랑아. 네
가 전부고, 사랑이 전부고, 연애가 전부였던 내가 이제야
내 두 발로 서 있어. 아직까지는 비틀거리고 네 이름만 들
어도 곧 쓰러져버릴 것같이 나약하지만, 시간이 지나면 이
것도 괜찮아질 거야. 네 응원까지는 안 바랄게. 괜히 연락
해서 사람 마음 흔들고 괴롭히지는 말아주라. 나도 살아야
지. 언제까지 너만 보고 있으라고 그래. 그거 그냥 네 이기
심이야. 너 갖기는 싫고 남 주기는 싫은 그냥 그런 거. 나
말야, 이제 나를 더 사랑할 수 있을 때 누군가를 사랑하려
고. 한번 해보니까 그게 맞는 것 같더라. 너도 할 수 있는
최선을 다해 행복해지길 바라. 우리 각자의 자리에서 잘
지내자. 이게 마지막 인사야. 안녕.

## 미안함이
## 꼬리를 물어

;

별 수 없이 나는 오늘도 불안하고, 내 불안이 너에게 미안하고, 그렇게 미안하다 보면 내가 왜 이러나 싶고. 늘어난 죄책감만 가득한 마음속에 사랑이 어디 있었는지 잘 모르겠고, 너는 여전히 아무것도 모르고, 사실 알고 싶지 않을 수도 있고.

# 이별이
# 답이 아니길

솔직히 나 요새 너랑 같이 있어도 외로울 때가 많아. 이게 권태기인가 싶어서 생각도 해봤는데 그건 아닌 것 같아. 난 여전히 너를 사랑하거든. 너랑 같이 있지 않을 때면 보고 싶고, 너를 한없이 귀여워하는 마음도 똑같아. 그런데도 너한테 존중받고 있다는 느낌은 받을 수가 없더라. 아마 그거 때문인가 봐, 내가 이러는 거. 너도 나를 사랑한다고 했는데, 너도 알겠지만 우리 연애 방식이 너무 다르니까 어느 쪽에만 맞추어 놓고 "너는 틀려." 이렇게 말할 문제는 물론 아니겠지.

단지 나는 조금만 더 충족되고 싶었어. 적어도 네 옆에 있을 때만큼은 외롭지 않았으면 했던 거야. 욕심인 걸 알아서 너한테 말도 못하고 있지만 이대로 계속 비워지다가는 나쁜 생각을 할 수도 있을 것 같아. 네가 아무리 내 전부라지만 아무것도 없는 전부를 가지고 가만히 살아갈 수는 없는 거잖아. 대화가 부족한 탓일까, 애초부터 우리가 너무 달랐던 탓일까, 맞춰갈 수 없다면 우린 결국 이별밖에는 답이 없는 걸까?

## 익숙해질 수
## 없는 일

*

제발 익숙해질 수 있는 것에만 익숙해지라고 했으면. 숨을 쉰다거나 눈을 깜빡인다거나 하는 당연한 것에나 익숙해지면 되는 일이지, 대체 네가 없는 일에 익숙해져서 나한테 뭐가 남는다는 건지. 그런 익숙함에 비참해지느니, 하루쯤 더 우는 게 낫지.

크지 않은

일

;

사실 그리 큰일은 아니다. 나는 너를 잃었고, 그 시간을 잃었고, 그동안 계속해서 지속해왔던 마음 하나를 잃었다. 하염없이 잃다 보면 전부 다 사라질까 싶었는데, 조금도 남은 게 없는데 세상 곳곳에 네가 남아 있다는 게 우스울 뿐이지.

# 네 마음속
## 내 자리

*

대체 네 마음에서 내 자리는 어딜까. 가장 중요한 것 다음, 아니 그 다음, 아니 그 다다음 쯤에는 내 공간이 있을까. 아니, 그 안에 내가 있기는 할까. 너의 중요한 것들 사이에서 나는 얼마나 보잘 것 없을까. 조금 더 빛나 보이지 못한 나를 탓한다는 게 얼마나 가슴 아픈 일인지 네가 알기는 할까. 누군가와 함께 있으면서도 늘 외롭고, 사랑한다는 말을 듣고도 항상 불안해해야 한다는 게 어떤 건지. 너는 대체 나에 대해 무슨 생각을 하는지. 너와 내 사랑의 방식이 다르다고 해도 이렇게 다르다는 건, 꼭 하늘에서 내게 인연이 아니니 이제는 포기하라는 무언의 암시 같았다. 너는 나를 위해 노력하지 않았다. 그 무엇도. 아주 조금도. 나는 네게 쓴소리를 하기 싫어 버티고 웃으며 나도 모르는 사이 조금씩 너를 놓아갔다. 근데 있지, 마음 놓으면 편해질 줄 알았는데 그거 아니더라. 이거 놓으니까 너까지 놓아지더라. 너무 절실하고 애절해서 끝까지 지켜보고 싶었는데, 나만 이렇게 발 동동 구르는 이거 사랑 아니라고 남들이 그렇게 뭐라고 해도 믿고 싶지 않았는데, 이거 진짜 사랑 아니더라. 네게 나의 서운함을 토로하고 네 앞에서 한껏 울어버렸을 때 네 표정을 보고 그제야 알았다. 너 정말 아무것도 모르더라. 아니, 내가 어떤지 알고 싶지 않았더라. 우리인 줄 알았는데 여기 그냥 나밖에 없었더라. 내가 착각해서 미안해, 미안해.

# 첫사랑

*

마음속에 숨겨둔 이를 기준으로 많은 것들을 정해버리는 것도 나중이 되면 못할 짓이었다. 그는 내가 자신을 여전히 쥐고 있는지도 몰랐다. 그리고 그 사람 같은 사람은 그 사람 하나뿐이지, 누구도 그 대신이 될 수는 없었다. 어찌 되었거나 분명 사랑이란 건 있었다. 나는 어떤 누구보다도 너를 사랑했다.

어린 나의 치기어린 투정과 질투, 어리숙함이 범벅이 되어 네 눈앞을 가리는 멍청한 짓을 해버렸더라도 그거 진짜 사랑이었다. 믿어주라. 언젠가 너를 다시 만나게 된다면, 네가 나한테 너 그때 왜 그랬냐며 화를 낸다면, 가장 순수할 때 너를 만나 바보같이 나는 정말 아무것도 몰랐고, 너를 모르고, 사랑을 모르는 것이 누군가를 아프게 할 수 있다는 사실을 너무 늦게 깨달았다고. 그래서 미안하다고 꼭 사과할게. 그러니까 딱 한 번만 나한테 화내러 와주라.

욕이라도 한번 시원하게 뱉어주라.
그렇게 멍청했던 내 첫사랑 좀 구
원해주라. 보고 싶다.

# 보고 싶다는
## 말

*

아주 많은 사람들에게 네가 보고 싶다는 말을 했다. 누군가는 이제 너를 놓아주라고 말했고, 다른 누군가는 내가 너를 그리워하는 것은 어쩔 수 없는 일이니 그저 흘러가는 대로 두는 것이 답이라고 말했다. 수많은 대답 중에 네가 돌아올 거라는 대답은 없었다. 그리고 너는 모른다. 내가 너를 보고 싶어 하는지. 정작 너에게만 그 말을 전하지 못했거든.

# 좋아하는
## 이유

;

좋아하는데 이유가 어디 있긴. 분명 이유는 수도 없이 많아. 그걸 네게 하나하나 풀어 놓기가 쑥스러울 뿐이지. 나는 네가 내 옆에서 보폭을 맞추어 걷다가 슬쩍 손을 뻗어 내 손을 잡아주는 것이 좋고, 가만히 걷고 있다가 하늘이 예쁘다고 말하는 네 입 모양이 좋고, 오늘 밤도 달이 예쁘다며 어김없이 달 사진을 찍어 보내주는 네 애정 표현이 좋고, 잠결에도 꼭 나를 끌어안아주는 네 품속이 좋아. 너를 만나고 나서 알고 싶은 것들이 많아지고, 하고 싶은 것들도 많아져서 어느 것부터 풀어나가야 할지 나 매일 고민하거든. 그래서 많이 생각해봤는데, 결국 내가 찾은 해답은 이거야. 너를 좋아해. 어떤 순간에도 너를 좋아하는 것부터 할게. 하루에 하나씩 너를 좋아하는 이유를 더 만들어가면서. 나는 그렇게 매일 함께할래, 너랑.

# 독백

*

나 요새 싸우면 아무 말도 안 한다, 그 사람이랑. 너 나 원래 싸우고 나면 어떤 식으로든 대화를 하고 그 자리에서 풀어야 되는 사람인 거 알지. 그런데 그 사람은 너랑 닮은 사람인지 싸우고 나면 꼭 아무 말도 안 하고 입을 꾹 다물고 있더라. 사람 답답하게. 그런데 너랑 다른 게 있다면, 그 시절 내게 끝도 없이 절실했던 너와 관계를 어떻게든 유지하고 싶었던 내가 나누었던 그 처절한 싸움들과 달리 지금 나는 이 사람과 침묵만을 유지하고 있다는 거야. 이렇게 아침이 밝으면 나는 또 아무렇지 않게 사랑하겠지. 아니, 그런 척하겠지. 그래야 내가 너한테 괜찮은 척해볼 수 있을 테니까. 근데 있잖아. 나 꼭 하고 싶은 말이 있는데, 너무 늦어버리긴 했지만 그래도 이 말은 꼭 해야겠어서. 있지, 내가 속상해하고 화낼 때마다 내 편 들어줬던 거 고마워. 그런 모습까지 예쁘다고 말해줘서 고마워. 혼자 숨어

버릴 때마다 다시 나 찾아내서 이러지 말라고 화라도 내
줘서 고마워. 그럼에도 불구하고 너는 항상 사랑이라고 말
해줘서 고마워. 이제 와 그 많은 게 진짜 사랑이었다는 걸
알아. 그 사랑 속에 잠시나마 살게 해줘서 고마워. 그리고
이제 네 옆의 사람과 잘 지내. 나랑 그랬던 것처럼 너무 자
주 싸우지 말고, 서로 다정하게 바라봐주는 그런 연애 해.
내가 부러워서 배 아플 만큼. 가끔 네가 보고 싶어도 나는
어떻게든 참을게. 연락하는 일도 없을 거야. 그러니까 걱
정 마. 나는 잘 지내, 아마 잘 지내. 정말이야.

가을의 길목에서,
너에게

*

사랑한다고 아무리 말해야 별 소용없다는 건 아는데, 그래도 이 마음속으로만 계속 되새긴다고 남는 게 있겠니. 이 긴 여름을 꼬박 달려 겨우 네 옆에 왔어. 그러니 다가오는 가을에는 우리 같이 걸을래?

너의

작은 노력들이 모여

*

"앞으로 더 노력할게."라는 네 말에 지금까지의 설움들이 거짓말처럼 쏙 내려가버렸다. 지금 당장 눈앞에 보이는 달라짐도 없는데 뭐가 그렇게 좋은 거냐고 묻는다면, 나는 그 사람이 나를 위해 노력하는 모습만 보여도 그뿐이라고 답하고 싶다. 여전히 같은 문제로 속앓이하더라도 나는 조금이라도 변화하려는 그 모습에 또다시 사랑에 빠질 테니까.

# 듣고 싶지 않은
## 것들

;

군이 전하지 않아도 될 말이라면 그냥 마음속에 숨겨두길
바라요. 그 사람이 나 없이도 행복하게 잘 살고 있다든지,
이제는 내 생각 같은 거 조금도 하지 않는 것 같다든지 하
는 그런 거요. 그래도 조금은 보고 싶을 거라고 착각이라
도 하면서 사는 편이 나한테는 좀 더 나을 것 같아서요. 혹
시 알아요? 한순간은 그래도 나를 그리워할지. 어떤 순간
에는 그 애 옆의 그 사람이 나와 겹쳐 보일지. 그냥 나 조
금이라도 더 괜찮아 보려고 하는 말이에요. 나 너무 불쌍
하게 생각하지 말고요. 사랑은 다 쓰고 없고, 일말의 감정
만 남아 있으니까, 곧 괜찮아질 거예요. 나도.

# 뮤즈의
## 존재

*

누군가 뮤즈라는 존재에 대해 쉽게 이야기를 꺼내 놓는다
면, "당신이 나의 뮤즈야."라고 섣불리 고백을 해온다면 그
무게를 모르고 하는 말에 현혹되지 말 것. 예술가에게 뮤
즈의 존재라는 것은 상대방을 미친 듯이 사랑한다는 것과
는 엄연히 다른 의미니까.

# 태어나 가장 못된 기도를 하던
## 밤의 고백

;

사랑이 확실하다 여겼던 시간들도 가끔은 배신을 해. 그렇다고 그게 사랑이 아닌 것이 되는 것은 아니지. 그 순간 내가 그렇게 느꼈다면 그뿐일 테니까. 어떤 사랑이 크고, 어떤 사랑은 작았다는 걸 논하자는 게 아니야. 나 역시 너보다 누군가를 더 사랑하게 될 수도 있지만, 평생 너만 한 사람을 만나지 못할 수도 있어. 지금 네게 사랑이 그 사람이라면 언제나처럼 최선을 다하기를 바라. 그리고 그게 타서 없어질 때쯤에 뒤통수를 맞듯이 깨닫기를 바랄게. '그래도 내 사랑은 너였구나. 이건 어쩔 수 없는 거구나.' 하고, 그렇게 다른 누군가를 사랑한 많은 시간이 부질없어지기를. 못된 나는 이런 것밖에 기도 못해, 미안.

# 네가 잠들어
## 울던 밤

\*

네 잠든 입술에 입을 맞추었을 때, 너는 몰랐겠지. 내가 얼마나 울고 싶었는지. 하루 종일 기다리던 네가 나를 보자마자 피곤에 못 이겨 잠들어버린 그 시간 동안, 나는 그런 네 모습이 안쓰럽고 그것마저 예뻐서 몇 번이고 머리를 쓸어 넘겨주었어. 잠든 네게 '사랑한다.' 마음으로 몇 번이고 다시 되새겨주면서도, 너를 기다린 나의 하루가 너무 보잘것없어 보여서. 자꾸만 깊어가는 외로움이 마음을 메마르게 해서. 네게서 사랑한다는 대답 한 번이 얼마나 듣고 싶었는지, 너는 끝내 모를 것이다.

# 맞지 않는
## 연애 운

;

안타깝게도 내 연애는 맞는지 안 맞는지도 모를 연애 운
에 가까스로 네 이름을 끼워 맞추고 너와 한동안 잘 지낼
것이라는 운세에나 기뻐해볼 수 있는 그런 것이었지. 그
렇게라도 마음을 놓지 않으면 도무지 잔잔해질 수가 없었
다. 깊은 곳 어딘가에 담겨 있을 네 마음을 나는 도통 짐
작할 수 없어서.

오아시스

\*

오래 오래 사랑받고 싶었다. 목이 타서 죽을 것 같을 때에도 딱 한 잔 남아버린 물잔을 내가 네게 먼저 건네주면, 너는 웃으면서 입술만 축이고는 내 손에 그것을 넘겨주는 그런 거. 그렇게 젖은 입술에 입만 맞추어도 갈증이 해소되는 사랑.

# 최선의 사랑에 대한
# 기록

*

내가 바라는 사랑은 사실 별 게 아니라, 나 자고 있을 때 머리라도 한 번 더 쓸어주는 거. 어쩌다 재채기라도 하면 큰일이라도 난 것처럼 토닥여주는 거. 등 돌리고 자면 속상해하면서도 뒤에서 끌어안아주는 거. 그러다 다시 돌아누우면 세상 다 가진 사람처럼 나를 그 품에 한가득 품어주는 거. 잠깐 깨서 눈이 마주칠 때 싱긋 웃어주며 입 맞추어주는 거. 내가 세상의 전부인 줄 아는 다정함. 그냥 그런 거. 아, 그리고 사귄 기간이 오래 되었더라도 당연하게 나를 만나는 게 아니라 가끔이라도 조심스럽게 데이트 신청해줄 수 있는 그런 낭만. 꽃 한 송이 들고 찾아와서 오늘은 날이 예뻐서, 이런 날 좋은 너와 좋은 곳에 가고 싶었다며 손 잡아주는 따뜻함. 날이 가도 줄어들지 않는 사랑한다는 말. 그런 당연한 듯 당연하지 않은 것들.

# 실수 아닌
## 실수

;

너는 날 만난 게 실수라고 했지만, 나는 한 번도 너 만나
면서 그런 생각해본 적 없었어. 수도 없이 너 때문에 울고
망가져서 정말 바닥까지 내려가 봤지만. 그래도 난 너 만
난 거 좋았어. 한 순간이라도 네가 나를 웃게 했으니까, 그
거면 난 괜찮거든.

사랑을 시작하기 전의
부탁

*

내가 예전보다 편안해지더라도 여전히 너만은 나를 매 순
간 아쉬워했으면 좋겠어. 같이 있어도 보고 싶어 애타 하
고 나와 함께하는 모든 일들에 가슴 설레하는 너를 잃고
싶지 않아.

생산적
우울

;

난 가끔 일부러 우울해해. 행복한 티가 조금이라도 나면 금
방이라도 누가 나를 힘들게 만들 것만 같거든. 그래서 기
뻐도 그렇게까지 기뻐하지 않고, 슬퍼도 그렇게까지 슬퍼
하지 않으면서 그냥 내 감정을 잔잔하게 만들려고 억지로
노력하는 거야. 내가 조금 더 편안해지려고.

결국 답을 내리지 못한
질문

;

사랑일까, 아닐까
매일 헷갈리는 건
내 마음일까,
네 행동일까.

# 누군가
## 미련이라 말해도

*

나도 알아. 내가 이런다고 그 사람 나한테 안 돌아오는 거. 근데 내가 할 줄 아는 게 이런 것밖에 없어. 미련하게 기다리고, 계속 기다리다가 진짜 안 오는구나 싶을 때 그제야 내려놓는 거. 할 수 있을 때까지 다 해보는 거. 그거밖에 없다고.

# 너의 밤,
## 나의 새벽

;

여전히 너의 기억을 붙들고 사는 것은 내가 지새운 밤들이 아까워서일까. 더 이상 사랑하지 않음에도 종종 너를 곱씹어보는 것이 나의 일상이 되었다. 물론 너에 대한 감정은 지나가고 조그마한 기억만이 남았다. 가끔 내 옆의 사람 대신 네 이름이 나와 놀라버릴 때가 있지만, 그건 아직 네게 적응해버린 내게 시간이 필요할 뿐이지 너를 그리워해서가 아니다. 잘 지내라는 말도, 행복하라는 말도 하고 싶지가 않다. 네게 어떤 말도 남기지 않는 것이 내가 가지는 숙제다. 내 인생에서 네가 깨끗하게 지워지리라고 생각하지는 않는다. 다만 내게 남은 너의 기억들 중 좋은 것과 나쁜 것, 그 둘 중 무엇만을 남겨둘지가 고민스러울 뿐. 나쁜 쪽이라면 아마 내가 한평생 너를 미워할 것만 같은데, 그렇다면 정말이지 잊을 수가 없잖아.

# 혼자 하는
## 사랑

*

그거 알아? 나 오늘 하루 종일 핸드폰 껐다 켰다 반복한
거. 너한테 연락이 언제 올까 자꾸만 핸드폰만 들여다보
는 내 자신이 싫어서 '이제 신경 그만 써야지.' 하고 핸드
폰을 껐다가 얼마 지나지도 않아서 혹시 너한테 연락 왔
을까 봐 다시 켜서 확인하기를 반복해. 그걸 수없이 반복
해도 너한테 연락이 와 있을 때는 사실 별로 없는데, 그러
다 한 번이라도 알림 뜨면 그 연락 한 통이 뭐라고 그렇게
기쁘더라. 넌 그냥 너 시간 날 때, 다른 거 다 하고 심심할
때, 많은 것들을 지나치고 그제야 내 차례가 왔을 때야 한
번씩 대답해주는 건데. 내 우선 순위는 전부 너한테 꽂혀
서는 바보같이 아무것도 못하고 너만 기다리고 있어. 나도
내가 미련하다는 거 알고 이런다고 네가 알아주지 않는다
는 것도 아는데, 내 마음이 너한테 가서 매여 있는데 이걸
어쩌겠니. 오늘은 연락 한 통 더 해주라. 나 그거라도 좋아.

# 누군가의 다정이
## 독이 되는 순간

;

이젠 내가 네 사랑이 아니라는 걸 알면서도 문득 네가 그리워지고, 네가 사랑이라는 단어를 입에 올릴 때마다 그게 아직까지는 나를 향하고 있다고 착각하고 싶어. 여전히 내가 너의 전부이기를 바라는 나는 너무도 욕심이 많고, 한없이 다정하고 또 다정한 말들을 입에 담고 있는 너는 또다시 누군가를 아프게 하겠지. 내가 그랬던 것처럼.

## 시소

;

내가 계속 져주고 숙여줘야만 지속되는 관계라면 그만둬야 하는 게 맞는 거지. 어떻게 한쪽만 다른 쪽을 지탱할 수가 있어. 지금 당장 힘들더라도 놔버리는 게 나아. 쉽지 않다는 건 알지만 결론은 그래. 언젠가 너도 무너져. 별 수 없어.

## 자문
## 자답

\*

야, 행복한 척은 백 번이고 천 번이고 원하는 만큼 할 수 있어. 그까짓 거 가면 쓰고 몇 번 웃어버리면 그만인데 뭐가 그렇게 힘들다고. 중요한 건 네 마음이지. 넌 알잖아, 그게 진짠지 가짠지. 그래서 잘 생각해보라고. 너 지금 행복해? 웃고 싶어서 웃는 거 맞아?

About

you

;

너에 대해 설명하자면 난 아마 눈물부터 쏟겠지. 그렇게
한없이 울고 나서 그래, 이제부터 내가 너에 대해 알려주
겠노라고 그렇게 호언장담을 해놓고, 말 끝마다 한숨을 내
뱉느라 한마디도 제대로 할 수가 없을 거야. 나에게 넌 언
제나 어려웠고, 다른 어떤 것들보다 더 무거웠어. 쉽게 설
명할 수 있는 다른 것들과는 너무도 달라서 내가 너에 대
해 설명하려고 하면 난 아마 내 많은 부분을 내려놓아야
할 거야. 그만큼 내 조각난 마음 어디에도 너는 존재해. 그
건 네가 나를 사랑하고, 사랑하지 않고에 따라 달라지는
것은 아니야. 이건 그냥 내 마음이야. 아직까지 너를 담고
사는 내 마음. 한 발짝만 걸어도 네 몫까지 두 발짝 더 딛
게 되는 내 미련함.

## 적응해야 함이
## 분명하지만

*

당연스럽게 너와 함께했던 일들을 전부 다른 사람과 이것에 적응해갈 때쯤 지금 내 옆의 사람 역시 너처럼 변해버릴까 봐 온종일 불안해하는 지금. 난 평생을 한결같은 사람이라 유독 무언가 변하는 것에 민감하게 반응하니까 '모든 게 처음 같았으면.' 하는 욕심까지 가지는 것이 아닌데. 사랑을 말하는 여러 가지 표현 중에 네 대답이 포함되어 있다면, 그 커다란 범주 안에 네 마음이 언제고 나를 향하고 있다면 그뿐일 텐데. 그 쉬운 것이 누군가에겐 다른 대단한 것들보다도 어렵겠지.

# 사랑은
## 사랑만으로

;

모든 게 다 내 잘못으로부터 시작되었다는 건 알고 있지
만, 난 네 존재가 아직 남아 있다는 것만으로도 참 따뜻했
어. 네가 나를 사랑하는 마음이 이 세상에 여전히 존재하
고 그런 네가 나를 응원하고 있다는 것. 여전하다는 말은
없다고 말했지만 그게 왜 없겠어. 네가 예전과 다르지 않
다는 건 나한테 축복이었는걸. 서로에게 투정 어린 말들
을 늘어놓으면서 지금껏 이런 말할 사람이 없었다고 울어
대면서, 그렇게 빈 공간을 채워가며 지새웠던 새벽이 너에
게는 차갑고 나에게는 뜨거웠을까. 잘 지내려 수도 없이 노
력하겠지만 아무래도 힘들 것 같아. 너무 빨리 괜찮아지려
고 하지 않을게. 나도 앓을 시간이 필요할 테니까. 어떠한
확신으로 누군가를 사랑하고 있다면 그 사랑 역시 너에게
정답이기를 바라. 나 역시 네 사랑을 응원해. 아주 오래도
록 너를 애틋해할게. 고마워. 사랑해. 잘 지내.

마음에도
없으면서

\*

내가 제일 싫어하는 말이 뭐냐면, 어쩔 수 없었다는 말이
야. 그 말만큼 책임감 없는 말이 없어 진짜. 그냥 마음이
없었던 거면서, 나한테 연락 한번 못할 만큼 바쁘지 않았
으면서, 다 방법이 있었으면서. 어쩔 수 없었다는 말로 그
게 내 집착이 돼.

좋아해서 생긴
욕심

;

좋아하긴 하지만 내가 아니어도 괜찮다는 그런 마음이라
면 싫어. 나는 네가 내가 아니라면 안 됐으면 좋겠어. 내가
너무너무 소중해서 내가 없으면 하루가 돌아가지 않을 만
큼 네 온 세상이 나였으면 좋겠단 말이야.

더는 흔들리지
않기를

＊

다른 말이 하고 싶은 건 아니고, 나 혹시 네가 그리운가.
다시 사랑한다 말하면 네가 돌아와줄까. 예전 그 모습처
럼 내가 아니면 안 될 것 같은 그 사람으로 내 곁에 남아줄
까. 정말 보고 싶은 건가. 나도 내 마음을 잘 모르겠는데.

# 데자뷔

;

'아, 그거 어디서 봤는데.' 하고 온종일 골머리를 썩다가 결국 생각해낸 그것이 너와 관련된 것이라 마음이 다쳐버렸다. 더 미쳐버릴 것 같은 건 내가 떠올린 건 네 얼굴이지 그것이 아니라는 거다. 네 모든 것이 순식간에 나를 덮쳐버린 순간 그렇게 앓던 것마저 같이 찾아왔을 뿐이지, 그건 아주 일부분에 불과한 건데. 차라리 생각해내지 말걸. 조금도 기쁘지가 않잖아.

# 마주치지
## 말자

*

야, 있잖아. 너도 알겠지. 나 요새 잘 지내는 거. 일하는 것
도 편안하고 연애도 편안하고 그냥 예전같지 않게 잘 지
내. 너 만날 때 나 되게 짜증 많이 부렸잖아. 이것도 불만
이고 뭐도 잘 안 풀리고. 근데 그거 지금도 똑같은데 투정
부릴 사람이 없어서 그런가 별로 짜증도 안 나더라. 아무
생각 없는 것 같기도 하고. 근데 너 나 되게 잘 우는 거 알
지. 내 마음에서 너 보내던 날 나 정말 하루 종일 울었는
데. 너, 나 우는 거 싫어하잖아. 어떻게 해야 될지 모르겠다
고. 너 때문에 우는데 네가 무슨 말을 할 수 있겠냐면서 잘
달래주지도 않았잖아. 그날도 거의 실신할 때까지 우는데
네가 그렇게나 차가워서, 나는 더 할 말도 못 꺼내고 그렇
게 마음 접었는데, 이상하게 그날 이후로 눈물이 잘 안 나
오더라. 연애하면서 상대방이 아무리 속상하게 해도 내가
안 울더라. 네 목소리만 조금 변해도 온갖 소리 다 해가며

울어대던 내가 울지를 않는다고. 아무리 슬픈 글을 봐도, 슬픈 영화를 봐도 눈물이 안 나와서 나는 내가 정말 내 우울을 잃어버린 줄 알았다. 근데 너 뭐냐 진짜. 왜 네 소식 한번 들었다고 또 멈췄던 게 시작되는 건데. 네가 나한테 뭐길래 왜 나는 너라는 이유 하나로 계속 우는 건데. 네가 뭔데, 한동안 내 온 감정을 지배했으면 됐지. 안 떠나고 어디 숨어 있길래 아직까지 그러냐. 내 감정선 위에 서 있지 마. 나 아직 네가 너무 아프다고, 그만하자고 제발.

없으니까 나는 남고,
너는 떠났겠지

\*

매일같이 울면서 하루를 겨우 지나 보내면서도 정말 어이
가 없는 건 이 와중에도 사랑 같은 건 없다는 생각이 안 든
다는 거다. 사랑은 분명 있다. 우리 사이에도 그게 언젠가
딱 한 순간은 존재했을 텐데. 아니, 지금도 나에게는 있는
데 너에게는 없는 거지.

독설

;

끝까지 좋은 사람인 척은. 네가
좋은 사람이 아니라는 건 내가 제
일 잘 알고 있어. 그래도 벗어날
수 없이 사랑했었지. 어쩌면 지금
도 그런지도 모르겠고. 언제까지
나 네게 이렇게 묶여 있지는 않겠
지만, 그렇게 사람 좋은 척 웃고
있지 좀 말아. 또 속겠네.

# 네게만
## 하고 싶은 말

✳

그 많은 것들 중에 네가 가장 좋다는 말을 왜 아끼겠니. 속에다 꽁꽁 숨겨만 두기에는 너무 벅차서 터져버릴 것 같은 말인데. 그 말을 뱉을 때마다 빨개진 볼을 숨기려 고개 숙이는 네가 너무 예뻐서, 내가 그 다홍빛까지 전부 담아두려 얼마나 애쓰는데.

# 사랑이
## 입 밖으로 나오면

;

그런데 우습지 않니. 사랑한다고 말을 하고 나면 그게 사랑이 되어버리고 사랑하지 않는다고 말을 하고 나면 지금까지 있었던 감정이 아무것도 아닌 것이 된다는 게. 사람이 말 하나 뱉는다고 마음이 한 순간에 달라질 수 있는 게 아닌데. 고백이 늦은 걸까, 아니면 마음이 변한 것을 늦게 알아챈 탓일까. 그러지 않기를 바라지만 혹시라도 네 마음이 지금과 달라질 기미가 보이거든 너는 다른 사람보다는 빨리 눈치채 주었으면 좋겠다. 사랑하지 않는다고 말하기 전에 "우리 정말 사랑일까?" 하고 넌지시 물으면서 마음의 준비라도 시켜달라는 말이다. 대뜸 뱉은 말에 모든 것을 송두리째 날려버리지 말고. 나에겐 정말 당신 말고는 남은 것이 없으니까.

마지막 말은
언제나 생략

\*

우리는 앞으로 일평생 서로가 아닌 다른 사람의 곁에서 행복을 말하게 되겠지만 그래도 한때 내딛는 걸음마다 마음에서 꽃이 피던 시절도 있었다는 것은 잊지 않기로 해. 너를 만난 후 어떤 순간도 진심이 아니었던 적은 없었어. 네가 나의 많은 부분에 상처를 받았더라도, 내 사랑 방식이 네게 맞지 않았더라도, 이 마음이 사랑이 아니었던 날은 없었다는 말이야. 정말 인연이어서 만났던 사이도 결국엔 이렇게 끝이 난다는 게 나도 우습지만, 나는 너와 내 인연이 여기까지여서 우리가 헤어진 게 아니라 이 시간 속에 우리를 더 좋은 모습으로 남겨두기 위해 애써 떠나오는 거라 생각할래. 부디 우리는 함께하던 그 찬란한 시간 속에 영원히 바래지 않고, 더 성숙한 모습으로 사랑하고 있길. 언젠가 그 사랑이 그립거든 마음에서라도 몰래 꺼내어볼 수 있게. 잘 지내. 보고 싶다는 말은 아껴둘게.

# 운명의
## 수레바퀴

*

우린 어쩌면 돌아볼 때마다 사랑이겠지. 사랑이 아니라고 생각했던 순간마저도 언젠가는 도저히 부정할 수 없어져서는 내 이름 옆에 네 이름을 덧붙이는 것이 당연해질지도 모른다. 단지 사랑의 정의가 행복만은 아닐 뿐이지. 나는 당신이 참 아프니까.

## 사실은 그다지
## 알고 싶지 않았던 것들

;

변하는 게 당연한 것을 변하지 않을 거라고 믿었지. 나조
차도 똑같지 않으면서 어느 누구의 한결같음을 믿었을까.
진심이 아닌 말은 차라리 뱉지 않는 편이 낫고, 기다리겠
다는 말은 희망 고문에 불과하다. 사랑은 어쩔 수 없이 변
하지. 영원한 건 없음을.

# 눈물점

*

정말 다 잊었다고? 어림없는 소리. 그렇게 자만하고 살던
사람들이 꼭 언젠가 별것도 아닌 일에 한꺼번에 무너지지.

같이 들었던 노래라든가, 같이 걷던 길 같은 게 아니라. 정말 사소한 글자 하나, 색감 하나, 온도 같은 것들에 울컥.

# 마음을
## 담아두는 곳

*

시도 때도 없는 애정 표현에도 부디 마음이 닳지 않았으면 좋겠다. 매번 말해도 가슴 벅차는 말이 있다면 그건 내가 너를 이 마음 온전히 다 바쳐 사랑한다는 말일 테니까. 너는 이 진심을 담아둘 뿐 절대 쏟아지지 마.

# 어쩔 수 없는
## 불안이 찾아올 때

;

나는 요새 매 순간이 불안하거든. 이 불안이 어디에서 나왔는지 알 수조차 없을 만큼 마음이 자꾸만 크게 파도치는 기분. 그 안에서 당신이 아파할까 봐 자꾸 걱정이 되네. 있지, 당신은 날 사랑하지? 아직 네 마음이 내 곁에 있는 게 맞지? 자꾸 묻고 싶네. 어쩌지, 정말 어쩌지.

## 처음 시작하는
## 연인에게

✳

미안해. 나 아직 너 못 믿어. 네가 나를 좋아해주는 건 알겠지만 내 마음을 다 열어서 보여주기에는 아직 확신이 없는 것 같아. 그래, 마음을 나누는 건 좋은 거지. 근데 매번 내가 이만큼이나 사랑한다고 말하면 상대방은 그 사랑의 크기만큼 멀어지더라고. 너는 지켜보라고 말하지만 시간이 얼마나 걸릴지는 나도 예상할 수 없을 것 같아. 엄청 오래 걸릴 수도, 생각보다 빠를 수도 있겠지. 그런데 그 시간이 빠를수록 내가 더 힘들어질 거라는 건 알고 있어. 그만큼 내가 네게 빠져버렸다는 뜻일 테니까. 나도 이런 거 저런 거 생각하지 않고 사람을 만나고 싶고, 쓸데없는 걸로 불안해하지 않고 마음껏 애정 표현하고 싶은데 그게 맘처럼 쉽지가 않네. 다시 한번 미안해. 이렇게 부족한 나를 좋아하게 해서. 그래도 네가 지금처럼 그렇게 한결같이 나를 좋아한다면, 나는 네 마음 배로는 더 너를 사랑해줄 거야.

그러니까 조금만 기다려줄래? 네 진실된 마음을 그대로 간직한 채로.

작은 것에
사랑을 느끼는 순간

*

너와 나는 이야기들을 다시 찬찬히 읽어내려가다 행복한
미소를 얼굴 가득 띄워본다. 어느 한곳도 사랑이 아닌 곳이
없다. 장난스러운 사랑 고백부터 대상 없는 질투까지. 걱정
어린 투정과 끝을 모르는 그리움까지. 전부 다 사랑 같았다.

# 일기장 속
# 비밀 고백

✳

내가 언젠가 너에게 내 생활에 대해 고백했을 때, 너를 만나고 난 후 내 일기장에는 복잡한 감정들에 대한 서술이 참 많았지만 그중에 가장 자주, 그리고 제일 깊이 행복이라는 단어가 사용되었다고 말해줄 수 있었으면 해. 나의 낭만.

# 일기예보

;

'가끔은 마음의 날씨에도 일기예보라는 게 있었으면.' 하고 바랐다. 내가 언제 행복할지, 언제 우울할지 궁금했던 것이 아니라 당신의 날씨가 궁금한 까닭일 게다. 나는 당신의 온도가 차갑게 떨어질 때면 따뜻한 커피라도 들고 찾아가 쥐어주고 싶었고, 당신의 온도가 뜨거워 타들어갈 때면 팔이 빠져라 바람이라도 일으켜주고 싶었다. 그러나 단 하나의 염원이 있다면, 당신이 나를 떠난다는 예보만은 틀린 것이기를. 소풍 전날 비가 오지 않기를 간절히 바라는 어린아이처럼. 다음 날 거짓말같이 화창한 모습의 당신을 보며 '이번에는 틀렸구나.' 하고 안심할 수 있었으면, 하는 생각을 하다 나도 모르게 웃어버렸다. 이번에도 나의 바람은 당신으로부터 시작되었구나. 바보같이. 이 버릇은 언젠가 마음의 일기예보가 생겼을 때도 아마 고쳐지질 않겠지.

최고의
고백

\*

내 남은 날들을 당신을 위해 비워 놨어. 당신은 필요할 때마다 나를 찾아 쓰면 돼. 약속해, 그날이 어떤 날이어도 내게 너보다 중요한 건 없을 거야.

그렇게 행복해
꼭

;

좋은 사람 만나. 자꾸 들여다보게 만드는 사람 말고. 네가
애써 찾아가지 않아도 언제나 네 곁에 있다고 착각할 만
큼 안정감 있는 사람. 먼저 연락하지 않아도 당연하다는
듯 연락하고, 네 사소한 행동 하나에 감사할 줄 아는 그
런 사람 만나.

## 네 미소에 걸린
# 달

\*

어디에서 예상치 못한 네가 튀어나올지 알 수 없어 어느 곳부터 손을 대야 할지 모르겠다. 정리해야 할 것투성인데 먼지만 쌓이고 있는 마음에는 언젠가 병이 나겠지. 이젠 눈 감아도 네 얼굴이 잘 떠오르지 않는다. 네가 어떻게 웃었는지 알고 싶다.

## 솔직한
## 마음으로는

;

나 말야, 너를 평생 좋아만 해도 괜찮을까? 그냥 너랑 사
귀지도 않고 그러면서 헤어지지도 않고 사랑한다는 가슴
절절한 소리 같은 것도 안 하고 정말 그냥 좋아만 하는 거
야. 그런데 너한테 이 마음을 들키면 금방 사랑하게 될 것
같으니까 이건 나만 알게.

네가 불행했으면
좋겠다

\*

네 뒤엉킨 옷가지들 사이에 내
머리카락 한 올 떨어져 있다면
참 좋겠다. 정신없이 나갈 채비
를 하던 네가 그 별것도 아닌 것
하나에 울컥해서는 하루를 망쳐
버렸으면. 그렇게라도 네가 나를
생각해야 온종일 너뿐인 내가 덜
억울하지.

## 사랑의 정의는
## 설렘이 아니야

*

야, 있잖아. 나중에 네가 나를 만나도 하나도 설레지가 않고 내 손을 잡아도 떨리지 않아도 그게 사랑이 아니라고 착각하면 안 돼. 알았지? 내가 너무 편안하고 익숙해져도 우리가 사랑한 순간은 그냥 이유 없이 흘러간 게 아니야. 우린 그때도 분명 사랑일 거야.

# 다정함은
# 언제가

;

네 다정함이 이토록 독이 될 줄은 몰랐다. 나를 네 안에서 머무르게 했던 그것이 끝내 나를 무너뜨리고, 그 다정했던 날들만큼, 아니 그날들의 배로 더 나를 아프게 할 줄은. 네 손길 한번 기억날 때마다 울게 된다는 것은 정말 미친 짓이 아닐 수 없다. 또 한번 사랑을 하게 된다면 "당신은 내게 적당히 다정해주세요." 하고 싶을 만큼. 그러나 세상에 적당하다는 말에 걸맞은 사랑 같은 건 없지. 그런 게 있다면 영원도 믿을 수 있겠지.

## 사랑을 확인받는
## 순간들

\*

자주 핸드폰을 들여다보고, 자주 웃고, 자주 그 사람이 보고 싶고, 그 사람에게 건네는 문자 메시지에 말끝을 늘려본다. 사랑인 것 같다.

## 물론 사람은
## 쉽게 안 변하니까

;

누군가를 무조건적으로 좋아한다는 건 절대 불가능하지
않다. 어떤 상황이 생겨도 그 사람이라는 이유 하나만으
로 모든 것은 합리화된다. 그것이 잘못되었다는 사실을 알
고도 그럴 수밖에 없는 자신이 바보 같아 보이더라도, 그
건 쉽게 변하지 않지.

# 울지 마

*

더는 울지 말라고 말했다. 이제는 달라지는 것이 없다고. 그러나 어떤 것이 달라질 거라고 생각하고 울어본 적은 없다. 그게 가능한 것이었다면 내 남은 평생을 기다란 울음으로 채웠겠지. 그것이 너와 함께할 수 있는 마지막 방법이라면, 수없이 그랬겠지.

네게서 벗어나는 법을
배우지 못하고

\*

우리는 너무너무 애틋해서 서로를 잃지 않으면 곧 죽어
버릴 것만 같은 사이가 되겠지. 그러나 곧 한쪽은 언제 그
랬냐는 듯 훌훌 털고 떠나버릴 테고, 그 애틋함이 전부 남
은 자의 몫이 된다면, 나는 한평생을 네 안에서 살겠구나.

# 담배
## 한 갑

;

그 시절의 나는 피우지도 않는 담배 한 갑과 새 라이터를 가방 속에 들고 다녔다. 담배가 떨어져 멍한 표정을 짓던 네게 그것들을 건네주면 잠시나마 웃어주는 그 얼굴이 좋아서, 단지 그 찰나의 순간을 위해서. 편의점에서 계산을 할 때면 어느새 계획에도 없던 담뱃값이 당연한 듯 빠져나가 있었다. 담배 이름이라고는 네가 피우는 그것밖에는 몰랐다. 그것도 처음에는 담뱃갑 모양새로 손가락질해 겨우 손에 들기 일쑤였고, 네게 더 커다란 것들을 해주지 못해 미안했다. 그러나 온종일 가방 속에 너를 향한 마음을 들고 다니던 내 어깨는 매일같이 아팠다. 내 마음은 결코 손바닥만 하지 않았으니까. 너를 향해 매 순간을 달리느라 숨이 차서 사랑 고백할 힘 같은 건 남아 있지도 않았으니까.

# 행복할 때만은
## 우울해하지 않기

\*

분명 꽤 행복할 수 있었던 시간들이 많았는데 내가 괜한 불안함에 마음을 충분히 쓰지 못했던 게 아닐까. 분명 어떤 상황에서는 마음 편히 놀아볼 수도 있는 거고, 오늘 당장 할 일이 있더라도 하루쯤은 미뤄두고 마냥 쉬어버릴 수도 있는 건데. 하다못해 세상 모든 게 나를 괴롭히는 기분이 들더라도, 당신 손 잡고 걷고 있던 그 시간만큼은 이 사람이 나를 사랑한다는 황홀감에 젖어 아무 생각 안할 수도 있는 거였는데. 내가 너무 예민했나, 조급했나 싶다. 행복할 수 있었던 날들을 내 스스로 놓쳐 놓고, '나는 왜 이럴까. 완벽하게 웃어보았던 날이 언제였지.' 하고 푸념만 늘어놓는 게 아닐까 싶다. 그러고 보니 나한테 너무 미안해서, 오늘은 네가 아닌 나 스스로에게 미안하다는 사과를 하고 싶어. 미안해, 자꾸만 마음을 괴롭혀서. 이제 웃을 시간에는 웃기만 하자.

## 깊이 감추어둔
## 고백

;

나는 많은 것들을 좋아한다면서 이것저것 잡다한 것들을
늘어놓다가 마지막에 나지막이 너의 이름을 풀어놓았지.
그 이름이 나의 애정들 사이에 감추어져 티 나지 않길 바
랐지만, 어디에 있어도 결국 가장 빛이 날 너이니 마음 끝
자락에 고이 숨겨둔다. 사랑해.

너와
그녀의

\*

그냥 스쳐 지나가도 숨이 멎어버릴 것만 같은 향기가 있고, 아무렇지 않다가도 꿈인 듯 느껴지는 풍경들도 있지. 어리석게도 나에게 그것은 모두 네 것이었다. 온전히 너의 것. 내게 조금도 그것을 나누어줄 생각이 없던 무정한 너의 것. 그리고 그녀의 것.

꾀병

;

그 시절 나는 자주 아팠다. 마음이 안 좋으면 몸까지 덩달아 안 좋아지는 고질병 때문이기도 했지만, 사람이 아프다고 하면 마음이 약해져서는 한 번이라도 더 들여다봐주는 네 고질병 때문이기도 했지. 나는 너의 그 나약함이 좋았다. 애끓는 다정함과.

# 단 한 번의
# 연락

*

잘 지내냐고요? 지금까지는 잘 지내왔습니다만, 당신 연락받은 지금부터 이젠 또 괜찮지 않을 예정입니다. 그렇게 가벼운 인사 같은 건 하지 말았어야죠, 정말 내가 행복하기를 바랐다면. 잊어갈 때쯤에는 다시 나타나지 말아야죠. 그래야 잊죠, 내가. 그 지독한 당신을.

# 미안해

;

우리는 늘 서로에게 부족했다. 가끔은 너무 부족해서 서로를 조금이라도 더 채워보겠다고 애를 썼고, 그러다 지치면 넌 왜 그 정도밖에 안 되냐며 윽박질렀지. 조금 모난 것이 뭐가 그리 문제라고. 세상에 완벽한 건 애초에 없었는데, 그 정도면 되었지.

그렇게라도
사랑을 지키자는 말이다

\*

어딘가에 정착한다는 것이 그리 쉬운 일은 아니다. 네 모든 것을 사랑한다고 해서 어찌 네 전부를 믿을 수 있을까. 내가 원하는 건 그냥 단지, 이렇게 비 오는 날 내 안부를 물어주는 네가 그 다정함만큼은 잃지 않았으면 하는 거다. 부디 아프지 말자, 우리.

## 너를 향한 기도문이
## 수없이 쌓였다

;

'절대 많은 걸 바란 게 아니었는데.'라고 변명하면서 너에게 실로 대단한 것들을 바라왔는지도 모른다. 너의 일생을 나에게 걸기를. 평생토록 나를 사랑하기를. 사람의 마음이 얼마나 가볍고 쉽게 흔들리는 것인지 알면서도, 너만은 다르기를 수없이 기도한 밤.

사랑의
정의

\*

세상에 틀린 사랑이 어디 있는가.
정말 틀렸다고 말할 것이라면 그
건 애초에 사랑이 아니었겠지.

## 투정과
## 질책 사이

*

나 진짜 궁금해서 물어보는 건데 나 너한테 그렇게 아무 것도 아니야? 내가 그렇게 좋아한다고 하고 네 옆에서 맴돌아도 너는 내가 보이지도 않고 신경 쓰이지도 않아? 딱 한 번이라도 내가 너를 보는 눈으로 네가 날 바라봐준다면 얼마나 좋을까.

# 평행선

;

당신을 잃은 지 며칠이나 되었는지 가늠이 되지 않는다. 그만큼 많은 시간이 지났던가. 하지만 정말 많은 시간이 흘렀다면 왜 나는 아직도 당신의 품 안에서 길을 잃은 그 상태 그대로일까. 여전히 물음표만이 가득한 기다란 연서 속 차마 닿지 못할 이름.

# 고백 아닌
# 고백

*

야, 나는 이상하게 네가 안 보이면 입맛도 없고 재미도 없고 별로 행복하지도 않고 뭐가 하고 싶지도 않아. 그래서 나는 너한테 사랑한다고 말 못해.

## 이제야
## 말하는 거지만

*

아, 나 그날 거기서 널 봤어. 다른 말을 하고 싶었던 건 아닌데, 그냥 나도 거기 있었다고. 네가 그 사람한테 넋을 뺏겨서 온 세상을 그 사람으로 물들이는 동안, 온통 너뿐이었던 내 세상은 그렇게 무너져갔다고. 참 많이 사랑하는 것 같더라, 네가 그 사람을.

# 생각보다
## 무거운 이름

;

네가 나의 부분이었다는 사실을 다른 사람에게 말하면 네가 좋아하지 않을까 봐서. 나는 이 안에 가득한 사람이 너라는 사실조차 어디 가서 쉽사리 꺼내 놓을 수가 없었다. 나는 당신 앞에 한없이 작고 나약했고, 당신은 끝내 나를 사랑하지 않았지. 단 한 순간도 따뜻한 눈으로 바라봐준 적 없었으니까. 그래도 난 말야. 엇갈려버린 마음을 원망해볼 수는 있어도, 늘 나와 반대편으로만 걷던 너를 미워하지는 못할 거야. 네 생각보다 여기 가득 차 있는 너, 참 무거웠다. 어디로 옮겨버릴 수도 없게.

# 너무 늦은
## 감사 인사

\*

나는 너를 사랑했던 시간이 하나도 안 아까워. 그래서 감사
해. 너를 알 수 있었고, 너와 함께할 수 있었고, 여전히 내게
있어 네가 좋은 사람으로 남아 있다는 그 모든 것들에. 내
시간들을 소중하게 기억할 수 있게 만들어준 너에게 역시.

# 비록 남들과는
## 다를지라도

;

나는 네가 나를 평생 사랑한다고 하면 그 문장마다 평생 행복할 거고, 네가 나를 평생 미워한다고 하면 그 문장마다 평생 아파할 거야. 어떤 사람 때문에 인생이 이렇게나 흔들릴 수 있다는 건 짐작조차 못했지만, 무수한 상황 속에서도 나는 한결같을 거라는 말을 하고 싶었어. 사랑해. 그건 네가 내가 아닌 다른 사람을 향하고 있다고 해도 변하지 않을 거야. 나는 너를 몇 번이고 애틋해할 거야. 나한 텐 그게 사랑이야.

## 사랑해,
## 좋아해

;

'사랑해.'가 '사랑했어.'가 되는 순간보다
'좋아해.'가 '좋아했어.'가 되는 순간이 더 안타깝다.
사랑은 시작조차 해보지 못하고 끝나버린 인연이라니.
손끝 하나 스쳐보지 못하고 나 혼자 접어버리는 마음이
라니.

# 나는 나를
## 다 썼어

*

미안해. 더 이상의 감정 소비는 하고 싶지가 않아. 네게 다가가는 사람들 사이에서 너를 지키려고 노력하는 것도 이제 지쳤어. 네 잘못이 없다는 걸 알면서도 결국 네게 모든 서운함을 표출할 수밖에 없는 내 자신에게 실망하는 것도 이제 그만하고 싶어. 매번 밀려오는 실망감 속에서 '사랑하니 이게 당연한 거다.' 하고 내 자신을 합리화시키고 싶지는 않아. 많은 사람에게 사랑받는다는 건 참 좋은 거지만 너의 모든 부분을 빠짐없이 가지고 싶어 하는 내게는 그거만큼 나쁜 게 없는 것 같다. 물론 네가 어디에서나 사랑받길 바라. 연인이 아닌 사람 대 사람으로. 모든 사람의 사심을 친절로 받아들인다면 그 사람들의 애정은 얻을 수 있을지 몰라도 결국 나를 잃어. 정말 당신에게 중요한 게 어떤 건지 생각해줘. 그게 내가 아닌 다른 사람이라면 나, 미련 없이 당신 곁을 떠날게. 난 완전한 사람이 좋아. 완전

한 사랑이 좋고, 그게 불가능하더라도 마치 가능한 듯이
나를 완벽하게 속여주는 사람이 좋아. 그러니까 다시 한
번 미안해. 근데 나, 더는 힘들고 싶지 않아.

# 말하지 않으면
## 모르는 것들

;

소중한 사람에게마저 네가 그런 존재라는 사실을 말해주지 않았고, 별다른 관심도 보이지 않으면서도 그저 그 사람이 내 곁을 떠나지 않기만을 바랐다. 이제 와 생각해보니 그건 어디까지나 오만이다. 밤새도록 이래서 그랬다, 저래서 그랬다 하는 변명들을 늘어놓아도 절대 합리화될 수 없는 일이라는 것이다. 소중했으면 지켰어야지. 네가 내게 이만큼이나 큰 사람이라고 말이라도 해보고, 연락이라도 한번 더 건넸어야지. 아무것도 하지 않았으면서 무작정 나좀 사랑해달라고, 나한테 왜 이러는 거냐고 말하면 그건 그냥 이기적인 거다. 어느덧 혼자 남아버린 자리에서 떠난 이들의 빈자리를 바라보며, 그제야 그들에게 미안해한다고 한들 달라질 건 아무것도 없을 텐데. 아무래도 인간관계에 시행착오를 겪기에는 잃는 게 너무 많은 것 같다. 지킬 수 있을 때 지켰어야 하는데. 바보같이.

그뿐

*

사랑의 조건이란

무작정 어딘가로 떠나자고 말하면

흔쾌히 고개 끄덕여줄 수 있는 여유로움과

폭우 속을 휘청일 때 나를 뿌리처럼

꽉 붙잡아줄 수 있는 단단함이면 그뿐.

# 괜찮아

*

괜찮다는 말은 꽤 오랜 시간 나를 아프게 했다. 많이 힘들어? 아뇨, 괜찮아요. 아무렇지 않아? 그럼요, 괜찮죠. 모든 것이 무너질 때까지 마음속에 차곡차곡 누적해왔던 그것이 뻥- 하고 터져버릴 때면 나는 누구도 나를 건드리지 못할 곳에 꽁꽁 숨어버렸다. 울리지 않을 것을 알고도 아무죄도 없는 핸드폰을 꺼버리고, 아무도 없는 집 안에 누워 천장만을 바라보았다. 의미 없이 켜 놓은 티브이 소리를 벗 삼아 '저 사람들은 뭐가 저렇게 즐거울까.' 괜한 시비를 걸어본다. 그러고도 안 되어 결국 한바탕 소리 내어 울어버리고 나면, '정말 이 마음 하나 다독이는 게 왜 이렇게 힘이 들까, 누군가의 마음을 헤아리는 데 너무 많은 힘을 써버린 탓일까.' 하는 부질없는 생각들이 마침내 머릿속을 지배한다. 누군가는 손 내밀어줄 수 있을까. 동굴 속에 갇혀버린 나에게도 그 어떤 누군가는 "괜찮지 않아도 돼." 하고 자신의 공간에 나를 숨겨줄 수 있을까. 그렇다면 나도 조금은 괜찮아지지 않을까. 그럴 수만 있다면, 그런 너를 나의 사랑이라 부를 수만 있다면, 이 긴 시간들은 너를 위한 과도기라 정의할 텐데.

# 마음을
## 어떻게 아끼죠

*

나는 감정을 아끼는 법을 하나도 몰랐어. 좋으면 그냥 좋다고 하고 싫으면 그냥 싫다고 했는데, 그걸 그렇게 미워할 줄은 몰랐지. 왜 내가 좋다고 하면 싫다고 하고, 싫다고 하면 좋다는 거야? 왜 세상이 매번 나와 반대로만 돌아가는 건지 모르겠어.

# 우울한
## 밤
### ;

우리는 우울한 문장들을 나열하며 밤을 새워 서로를 탐했었지. 네가 "우울하다."라고 말하면 온 세상에 비가 내렸고 그 비가 그칠 때쯤에는 꼭 내가 너를 사랑하고 있었다. 내가 온 신경을 다해 나의 우울을 내뱉어도 너의 세상에는 단 한 방울의 빗방울도 내리치지 않았지만, 그래서 너는 단 한 번도 나를 사랑한 적 없겠지만. 그래도 나는 태어나 너를 제일 잘 아는 사람일 거다. 네 밑바닥의 우울을 나만큼 받아줄 수 있는 이는 없을 테니까. 여전히 그 생각을 하면 어디에고 비는 내린다. 그렇게 네가 온다. 그래서 너도 없는 곳의 네 우울이 이렇게나 길다. 내 사랑이 이렇게나 깊다.